KB076113

오르간, 파이프, 선인장

오르간, 파이프, 선인장

김경후 시집

창비

차
례

제1부

제2부

제4부

제 1 부

입술

입술은 온몸의 피가 몰린 절벽일 뿐
백만겹 주름진 절벽일 뿐
그러나 나의 입술은 지느러미
네게 가는 말들로 백만겹 주름진 지느러미
네게 닿고 싶다고
네게만 닿고 싶다고 이야기하지

내가 나의 입술만을 사랑하는 동안
노을 끝자락
강바닥에 끌리는 소리
네가 아니라
네게 가는 나의 말들만 사랑하는 동안

네게 닿지 못한 말들 어둠속으로 사라지는 소리
검은 수의 갈아입는
노을의 검은 숨소리

피가 말이 될 수 없을 때
입술은 온몸의 피가 몰린 절벽일 뿐

백만겹 주름진 절벽일 뿐

절벽아파트

벽돌을 입에 문 시간이
온다 벽돌로 만든 나의
가장 깊은 곳에 벽돌 떨
                어
            지는 시간이 온다 가기도 전에 온다
            점점 더 커다란 벽돌 딱딱한 벽돌 온
            통 벽돌이 온다 쌓인다
        나는 바벨탑보다 높은 내
        안의 외벽을 돈다 내벽을
        돈다 피뢰침을 돈다 벽돌
        을 입에 문 시간을
                돈다 흰 흙 젖은 흙 붉은 흙 썩은
                흙들의 벽을 돈다 나는 나를
                돌아본 적 있나 난 돈다 난 적막을
                다닥다닥 붙인 텅 빈 광장보다
                텅 빈 적막을 돈다
            텅 빈 입으로 적막을
            물고 나선계단을 돈
            다 적막의 데스마스크

를 돈다 나는 나를 돌
아본 적 있나 무너져
내린 카타콤 벽 틈으
로 산지옥나비가 들어
온다 비늘가루처럼 부
서져내리며 벽돌을 입
에 문 시간이 온다 나
는 산지옥나비를 갈기
갈기 찢는다

박쥐난이 있는 방

텅 빈 녹음테이프가 돌아가고 있다

박쥐난은
침묵에 들러붙어 산다

이것밖에 없는 방에선
이것만이 생존법

침묵에
물 줄 시간

눈 감는 소리와 굳어가는 혀조차
조심할 것

잠자코
까맣게 시든 채 돋아나는 이파리

침묵과 죽음 사이
그 마지막 모퉁이에 박쥐난은 붙어 있다

텅 빈 녹음테이프가 돌고 있다

반딧불이

그믐밤

벙어리 별자리

흘러가고 있다

장님의 지팡이 소리

해바라기

세상 모든 정오들로 만든 암캐가 왔다, 나는 그 암캐를 알지 못하지만, 그 정오부터 알 수 없는 말을 할 수 있게 됐다, 흑점의 온도로 울부짖는 암캐, 그 울부짖음 집어삼키는, 암캐의 배 속에, 박히는 칼, 나는 요리는 모르지만, 배 속보다 깊은 어둠을 찾을 수 있게 됐다, 칼끝에서 첫 핏방울이 떨어질 때부터, 시퍼렇게 목줄기가 찢어질 때부터, 그 목줄기 울음 따라 핏줄이 터질 때부터, 나는 마음에 없는 말과, 말 없는 마음을 가질 수 있게 됐다, 내 목줄기를 향해 달려오는 톱니바퀴, 돌고 도는 톱니바퀴의 울음도 울 줄 알았다, 암캐처럼, 암캐가 없어도, 땡볕에, 나는 그 암캐와 함께 끌려갈 줄 알았다, 암캐처럼, 동네 냇가에 아주 오랫동안 끌려가지 않기 위해, 나는 내가 알 수 없는 글을 쓸 수 있게 됐다, 나는 그 암캐를 알지 못하지만, 그날부터, 세상 모든 정오들로 만든 암캐가 됐다, 그날 저녁, 부엌 구석에서 나는 쩝쩝거리며 고기를 먹었다, 그날 저녁부터 나는 뱃가죽이 찢어지는 소리로 울 수 있었다

불새처럼

나는 많이 죽고 싶다, 봄이 그렇듯, 벌거벗은 나무에 핀 벚꽃과 배꽃이 그렇듯, 너무 많이 죽어 펄럭이고 싶다, 파도치고 싶다, 세상 모든 재와 모래를 자궁에 품고, 잿더미의 해일도 일으켜보자, 죽음보다 더 많이 죽어보자, 살과 소음, 그런 거 말고, 삶과 소식들, 그런 건 더더욱 말고, 소금과 술로밖에 쓸 수 없는 시를 쓰고 싶다, 너무 많이 죽어, 늘 증발해버리는 시, 그 시를 주술처럼 중얼거리며 죽고 싶다, 아주 자주, 아주 많이, 보석들 대신 비석들을 갖고 싶다, 비석들도 죽이고 죽고 싶다, 비석들 위로, 너무 많이 죽은 시들을 밤하늘처럼, 피와 황금의 사막처럼 펼치자, 나는 많이 죽고 싶다, 잿가루보다 무수히

룹알할리 사막지렁이의 질주

사막지렁이를 따라
룹알할리사막을 달린다
모,래,언,덕,모,래,바,람,모,래,천,막,모,래,노,을,모,래,별,

얼마나 가야
지렁이와 함께 사막에 묻히는 걸까

사막지렁이를 따라 달리는
룹알할리사막,
공허의 4분의 1이란 이름의 사막, 룹알할리
허공의 4분의 3쯤 달려온 걸까, 룹알할리

아니, 단 한발짝도
사막지렁이도
나도

아니, 룹알할리사막에 지렁이는 살지 않지

사막지렁이를 따라
오늘도 나는 사막을 달리고 있다, 룹알할리

야간 도로 공사

오랫동안 짓밟힐 길을 깔기 위해
오랫동안 짓밟힌 길을 파낸다

이 길에서 나는 몇 글자나 바꾸었나
열대야 두시
이 길에서

팔월의 부글대는 검은 타르와 역청
부글대는 증기와 거품
아무리 많은 글자를 바꿔도
열대야 두시
이 길에서

후진하고 또 후진하는
파내고 또 깔리는
오랫동안 짓밟히고 짓밟힐 자들
오랫동안 짓밟힐 글자들 글자들

이 길엔 이길 수 없어, 아무것도

이 길에선 말이지
바꿀 게 없어, 한 글자도, 이 길에선
언제나 야간 도로 공사 중

눈부신 타워라이트
롤러차가 뜨겁고 무겁게 굴러가고 있다

잉어가죽 구두

너덜대는 붉은 가슴지느러미
수억년 동안 끝나지 않는
오늘이란 비늘
떨어뜨리는
노을
아래
기우뚱
여자는 한쪽 발을 벗은 채
깨진 보도블록 틈에 박힌 구두굽을 잡고 쪼그려 있다

심해어

그믐밤
그걸 말할 뿐인
도마엔 썩은 아가미
실어라는 이름의 심해어
그러나 이미 너무 많은 말들
안개로도 만들지 않을 혀를 상상한다
안개로 만들어진 물고기
모든 지느러미와 촉수를 한껍의 침묵만을 향해 펼치고 싶은
두갈래 사슬 풀처럼 심장을 죄어들 기억이란 흔적 기관은 남지 않았다
대양을 말리고 해저를 펴내도 이미 잃어버린 말을 난 상상한다
수억만 톤의 수압으로 짓누르는 기억은 기억할 수 없는
그러나 아무 기억도 아무것도 꿈꾸지 않는 혀
한껍의 바다 한껍의 진흙을 담은 혀
그 심해어의 혀를 난 상상한다
아직 한 음도 낸 적 없는
심해어를 상상한다
아무 이름도 없는
아무 말 없는
그믐밤

깃털 베개의 말씀

나의 모국어는 깃털 부푸는 소리
라고 자랑하기엔
침대와 하늘은 너무 멀고

새와 활공을 말하기엔
나는 좀 많이 죽은 채
너무 홀로 어둠속에 있지

깃털마다 깃든 절 한채의 고요
라고 멋부리기엔
네 머릿속이 너무 무겁고 소란스러워

창피해라 네겐
비석이나 베개나
서 있으나 누워 있으나 마찬가지이겠지만

내 종교는 꿈과 잠
당연해도 얘기 못하는 건
천년 묵은 시멘트 가루 같은 네 불면 탓

청회색 새벽
풀잎 이슬 말라 사라지는 냄새 나는데
말도 안되는 헛소리들

너도 제발
잠 좀 자!
나 좀 그만 떠들게

먹감나무 옷장

거대한 벼루 같은 밤
먼 옛날을 닫는다
곧 돌아올 오늘마다 열었다 닫는다
감나무 단 냄새를 연다
먹 냄새를 닫는다
삐거덕거리던 새벽 여섯시들을 연다
늙은 좀벌레들이 하얗게 죽은 밤 열한시들을 닫는다
곰팡이 핀 북쪽 벽을
비어 있는 나프탈렌 주머니를
닫는다 열고 닫는다
먹감나무 가지에 걸린 바람의 묶음들
구멍난 바지들
닫고 닫는다
땔감이 되고 잿가루가 될 때까지
연다 닫는다 삐거덕거린다
집을 떠받들 뿌리 내릴 때까지 닫아버리기 위해
연다
빈 옷걸이 텅 빈 고요 속
거꾸로 매달려 몸을 떠는 집유령거미
검은 집 다락 속 먼 이야기에 닿는다

제 2 부

폼페이벌레

내 가슴속 유적지
거기 폼페이벌레 한마리 꿈틀꿈틀 살고 있지

불타버린 벽과 젖가슴
무너진 뼈, 찢겨나간 꿈들
그 틈에서
나는 잿가루와 잠처럼
고이 죽지 못한다고
열과 가스 들이켜며 지켜보라고
온몸의 털로 찰나마다 불타버리라고
폼페이벌레
거기 꿈틀거리며 살고 있지

덕분에 내 가슴속 폐허
잘 살아 있지
가슴의 주인공들과 사건은 사라져도
폐허는 펄펄 살아 있지
나는 내 가슴속 유적지의 유령일 뿐
폼페이벌레가 살갗이 찢어질 때까지 소리치지

살아 있을 때 죽어봐

폐허 속에 살아봐

가슴속 유적지

폼페이벌레의 꿈틀거림이 나의 오늘이지

수렵시대

사냥이 시작된다, 바람 한점 없는 밤, 발자국 하나 없는 백
지, 사냥이 시작된다, 검은 화살 꽂히는 곳, 이미 썩은 짐승,
이미 추락한 새, 창이 박힌 곳, 지난밤의 폐허, 그러나 눈먼
사냥꾼, 숨을 멎고 백지 위, 내달린다, 붉은 먼지 속 검은 말
발굽들, 내가 젖은 갈기를 잡았지, 혹은, 불끈 솟은 목덜미
정맥, 그 울부짖음을 잡았어, 그런 말들, 잡고 싶을수록 허옇
게 부서져버리는 말들, 고함지를수록 텅 비어가는 백지, 사
냥이 시작된다, 칼을 휘두르며 달리고 또 달린다, 눈먼 사냥
꾼, 백지는, 달리지 않는 모든 것을 한다, 눈표범처럼, 포식
자의 높고 깊은 눈빛으로, 달리지 않는 모든 것을 한다, 납
빛의, 눈먼 사냥이 시작된다, 보이지도 않던 말들, 목을 물린
채 끌려가는, 숨소리, 이미 뿌옇게 잿가루 뒤덮인 사냥터, 그
러나, 다시, 바람 한점 없는 백지 위, 눈먼 사냥이 시작된다,

오르간파이프선인장

사막에 산다는 거,
그건 울지 않는다는 거,
대성당에도 늪에도 살지 못한다는 거,
울지 못해 타오르고, 울기 전에 타버리는 거,
그게 사막선인장,
오르간파이프선인장,

나를 울릴 부드러운 손가락도, 악보도, 오아시스도,
왜,
이 세상 모든 노래가 사라졌지,
왜 내게,
그런 거,
사막에 산다는 거,

하지만 그런 거,
마지막까지 묻지 않는 거,
노래가 아니라 침묵이 사라져도 진심으로 대답 않는 거,

그게 사막의 가을,

그게 나뭇잎 대신 납빛 가시를 만드는
사막선인장,
오르간파이프선인장,
도끼로나 찍을,
모래 폭풍이나 흔들 수 있는,
그런 거,
사막에 산다는 거,

그건 사는 것도 아냐,
만약 당신이 비난한다면,
그건 당신보다 사막에 대해,
사막보다 사막에 대해,
내가 하나 더 알고 있는 거,

난 늪 속에 울려퍼지는 오르간파이프선인장의 소릴 들
었다네,
안개 덮인 사평로에서였지,
라고,
노래도 아닌 걸 써버리는 거,

쓴 걸 지우는 거,
그런 게 마지막까지
사막에 서 있다는 거,
사막에서 죽지 않는다는 거,
울지 않았다는 거,
사막선인장,
오르간파이프선인장,

카니발식 사랑

너를 사랑한다는 건 너를 먹는 일
두 눈과 두 발이 아닌
위가 하는 일

마시고 삼킨다
갯벌지렁이 같은 너를
개흙 같은 내가 들이켠다

너를 사랑한다는 건 너를 먹는 일
너를 씹고 너와 뒤섞이며
개흙 속에 썩고 녹아버리는 일

번개와 벼락 작살 아래 부서질 때까지
나의 위가 하는 일
밤새도록 너를 마시고 삼키고 들이켜는 일

위태로운 내가 위선적으로
나만을 위로하는 일
그게 너를 사랑하는 일

너를 먹는 일

먹고 마시고 뒤틀리는 일
또는 너로 나는 죽어버리는 일

오늘도 기다리다

이 시각 현재, 잠실대교 남단, 지쳽니다, 퇴근 차량들,
3킬로미터 정도 서 있는……

검은 꽁무니와 붉은 등들
그 사이에 끼어, 해야 할 건

기다리다, 이 다리는 하나뿐인 다리다
너와 나 사이
다리와 다리 사이엔
기다리다,라는 다리뿐
건너가도 건넌 건 아무것도 없는 다리
무너질 때까지 서 있어도 너도 나도 없는
다리다

그러나 그사이에 해야 할 건
기다리다,
기다리기 전부터 이미 건너고 있던
다리다, 기껏 물안개에나 닿을 수 있는
다리, 아무것도 없는 다리,

내가 기어가는 다리다

나와 나 사이 단 하나의 다리,
우회도로 없이
기다리는 너 없이
언제나 이 시각 지체되는 다리,
기다리다

침대

십자 창
붉은 십자 그림자 아래
텅 빈 침대는
무덤 속보다 고요하지

뻣뻣해진 시체가 입은 수의는
나와 얼마나 닮았나

죽은 것을 잃지 않기
잃은 것을 잊지 않기
그런 거

그런 것들로 가득 차
이렇게
십자 창
붉은 십자 그림자 아래
우리는
같이 박혀 있지

겹

등을 마주 댄 두줄의 척추
우린 나눌 수 없어
잠들지 못한다
단 하나의 태양이 단 하나의 태양을
덮을 때까지
우린 서로의 개기월식일 뿐

올봄 겹벚꽃
한번도 피지 않고 진다

개미지옥

바닥 틈으로 도망치는 개미떼
꼭꼭 눌러 죽이다
멈출 것
한마리는 돌아가 알리게

여긴
빈 주전자와
뒤틀린 선인장
서걱거리는 어둠만 있다고
말라죽은 낙타가죽 같은 이불만 있다고
매달릴수록 허물어지는 모래시계와
모래의 가슴뿐이라고

이게 다야
모든 개미에게 알리게
꼭꼭 눌러 죽이다 멈출 것
개미지옥 같은 방
개미핥기같이 검게 수그린 여자만
여기 있다고

아무도 오지 말라고

개미성운까지
돌아가 알려줄
마지막 개미는 살려둘 것

아귀

아귀 혓바닥 봤어?
물고기와 귀신 어느 쪽?
그거 말고
한밤의 텅 빈 백지
이게 바로 아귀 혓바닥이야
굶주림의 형벌이지
종이 한장마다 세상 한겹 정도
쓰고 싶었어
바다 눈 흩날리는 냄새와
흰수염고래의 첫번째 숨소리
어룡의 등뼈가 해저로 가라앉는 소리를
쓰고 싶었지만
그럼 뭐해
더 하얘지면 찢어질 것 같은
한밤의 백지
아귀 혓바닥 봤어?
유령선의 너덜대는 깃발 봤어?
뭘 써도
아무것도 쓰지 않은

텅 빈 밤
아귀 혓바닥
봤어?

해바라기 소리

눈이 내리고 있어
들어봐
해바라기 베어낸 자리
아무 소리도 없어
쥐들이 파먹은 씨앗
걸레가 된 잎사귀
그것조차 사라졌어
들어봐
팔월 해바라기가 마시던 물소리
나비 소리
잎을 두드리던 빗방울 소리
아무것도
더 베어낼 것은 허공조차 없는 곳
그 소리를 들어봐
뭘 베어냈는지 잊은 자리
들어
늦가을
해바라기가 없는 소리를
들어봐

뱀의 허물로 만든 달

빛
아래
뱀이 허물을 벗은 돌로
쌓은 탑
나의 탑

천년 이끼
만벌의 허물로 쌓은
백만번 갈라진 뱀 허물로 쌓은
나의 탑
나의 달

그러나 아직
뒤엉켜 움찔대는 뱀의 허물
가득 들어차 있는 탑
나의 허물로 만든
달
나의 말

속수무책

내 인생 단 한권의 책
속수무책
대체 무슨 대책을 세우며 사느냐 묻는다면
척 내밀어 펼쳐줄 책
썩어 허물어진 먹구름 삽화로 뒤덮여도
진흙 참호 속
묵주로 목을 맨 소년 병사의 기도문만 적혀 있어도
단 한권
속수무책을 나는 읽는다
찌그러진 양철시계엔
바늘 대신
나의 시간, 다 타들어간 꽁초들
언제나 재로 만든 구두를 신고 나는 바다절벽에 가지
대체 무슨 대책을 세우며 사느냐 묻는다면
독서 중입니다, 속수무책

빈 병 저글러

텅, 빈, 광장 한가운데, 텅, 빈, 사내, 빈 병을 돌리
고 있다, 텅 빈 손,을 가진 사람들, 모여들어, 오──
오──, 텅 빈 탄성,을 지르고, 우리에겐 더 많은 빈
병이 필요해, 세개의 빈 병, 네개의 빈 병, 세계의
빈 병이, 필요해, 텅 빈 손,의 사람들 뒤로, 어느새,
텅 빈 입,을 가진 사람들, 텅 빈 가슴,을 가진 사람
들, 텅 빈 총,을 가진 사람들, 텅 빈 텅 밟을 가진 사
람들이 둘러선다, 텅 빈 광장이, 빙빙 잘도 돌고 있
는 텅 빈 정오를, 돌리고 있다, 텅 빈 사내 한가운
데 텅 빈 광장, 아무도, 텅 빈 말로도 말하지 않았지
만, 빈, 병,들은 돌고 있다고 믿자고, 그러자고, 텅
빈 달이, 돌고, 오지 않아도 되는 텅 빈 사내가, 사
내의 손에 돌고 있다 오── 오──, 오만가지 빈 병
이 돌고 있다, 오── 하나 더, 하나 더,해서, 텅 빈 숫
자가 될 때까지, 텅 빈 광장, 정오의 텅 빈 그림자,
의 정오, 광장의 종탑이 예배 시간을 알리고 있다

라고 속삭이자, 그러자,
반지하방, 홀로 빈 병 돌리는 사내의 그믐밤

절벽아파트
주소

기다린
적
있나 텅 빈
엘리베이터 새벽 네시 형광등 아래
아무도
나조차 없는 암흑 속
오르락내리락 적막의 암벽에 매달려
기다린
적
절벽에서 직녀좌까지 짜올린 만겹 허공
단 한번에
찢어내릴 번갯날 기다린 적
말이야, 그,
그, 단 한번만을
기다리며
오르락내리락
매달렸던 암흑에서 절벽 주소를
찾은
적

제 3 부

절벽아파트
지금

불가능한 사랑만 가능한
그게, 지금
벙어리 인어가 거품이 돼야 하는
그게, 바로, 이, 저, 그, 지금
46억년 전부터 나는 노래를 잃은 순간일 뿐
순금의 절망
절벽의 지금
썩은 하수구 썩은 인어의 내장 속 썩은 지금에겐
허공조차 절, 허공조차 벽
검은 거품까지도
깎고 또 깎아내린
절벽, 지금,
46억년 전부터 나는 노래를 잃은 순간
언제,나
나,
지,금,절,벽의 음표를 적어넣는 순간

새장 속의 검독수리

왕은 죽지 않지
용포 대신 잘린 비행깃
어명 대신 푯말
왕은 죽지 않지만
왕궁 대신 동물원 쇠창살 속에 있지
찢어발기는 건 냉동 생쥐
노려보는 건 허공
어딨냐고? 왕의 위용?
갈고리 부리와
활공은?
그건 먼지 바닥 검은 그림자 속에 있지
그래도 왕은 죽지 않고
울부짖고 있지
여기 돌을 던져
차라리 짐을……

낄낄대며 지나가는 아이들 소리에
묻힌 검독수리 흐느낌

낙타가죽 슬리퍼

사라지기 위해
낙타는 사막으로 갔다
(다윈이 제시했듯
사라지는 능력도 쓰다보면 더 잘 사라질 수 있다)

한겨울
한밤중
텅 빈 변두리 대합실
낡은 낙타가죽 슬리퍼를 끌고 다니는
늙은이
사라지는 것을 위해
낙타가 왔다
발자국이 사라지고
목마름이 사라지고
사라진 것들이 쌓이기 전에
낙타는 사라져버린다
(다윈이 제시하진 못했지만
낙타는 무엇이든
사라지게 만들 수 있다)

검은 기차가 사라질 것처럼 달려간다

지금껏 낙타가죽 슬리퍼를 본 사람은 아무도 없다

요하네스버그

수원화성 앞 표지판엔
요하네스버그까지 12,462킬로미터
어째서
길 건너 통닭집과 점집을 가리키며
방금 튀긴 죽음의 기름 냄새와 죽어갈 것들을 냄새 맡으
면서
어째서
오래된 옛 성까지 오래도록 걸었는데 다시 오랫동안
요하네스버그까지 가야 한다고
갈 수 없다고 12,462킬로미터
조개구이 생각이나 하며 조개를 줍다
세계적인 해적 두목이 되라는 계시를 받은 것처럼
난파당해 밀려온 너덜너덜한 나를 발견한 것처럼
어째서
이곳이 아니라고 가리키며 12,462킬로미터
설거지통에서 성당까지
팬티스타킹 구멍에서 돌십자가까지는
아무 의미 없다고 멀지 않다고 말하는 것처럼
어째서

저곳은 멀고 이곳은 저곳을 가리키는 곳일 뿐
이제 또 가라고
이곳에 첫 돌멩이가 굴러오기 전 풀들 스치던 소리
돌벽 가루 속 흩날리는 마음에
어디로 가라고
이곳은 저곳을 가리키는 곳일 뿐
언제나 이곳은 저곳보다 멀었다
어째서
어디에 나는 있어서
이곳이 되는가
요하네스버그

등이 되는 밤

너의 등에서 얼어붙은 창문 냄새가 났을 때
나는 너의 등이 되었지
네가 뒤돌아보지 않는 등
불 꺼진 가로등
그칠까 눈이 그칠까?

너의 등에서 짓밟힌 눈사람 냄새가 났을 때
나는 너의 등뼈가 되었지
붉은 네 심장을 감싸는
세상에서 가장 많이 움츠린 등뼈

그건 세상의 모든 음표로 엮은 너와 나의 새장
하지만 새가 없는 새장
눈이 그칠까 눈이?

너의 등 냄새가 나의 내일보다 달콤했을 때
내가 너의 등뼈가 되었을 때
눈앞은 오직 눈만이 흩날리는 밤
다친 짐승의 피입김 피어오르는 동굴 같은

지금 너의 등엔 눈이 그쳤을까

빙하를 달리는 여자

나는 빙하를 달리는 여자
크레바스
네가 죽은 크레바스
벌거벗고 건너뛰는 여자

너의 관
크레바스
우리의 방
백묵으로 적는 여자
북두의 운율로 노래하는 여자

우리 방엔 삼베 커튼을 걸어두자
삼베 커튼 위로 환등기를 돌리자
크레바스
너의 관
우리의 방
나는 빙하를 달리는 여자

백야의 자궁 속

네가 없는 백야의 환영들
허연 침묵들

그 위를 벌거벗고 달리는
나는
백야를 묵독하는 여자
백묵으로
백야를 지우는
빙하의 여자

네가 죽은 크레바스
그곳에
가장 붉은 핏줄을 묻어둔
나는 만년설이 된 너의 밤
너의 크레바스
나는 빙하를 달리는 여자

꼬리뼈

꼬리를 흔든 적도 없는데
꼬리뼈가 부서졌다

종이 건반을 두드렸는데
조율 안된 오르간 소리 들리고

사랑한 적도 없는데
아침마다 실연이다

몰래 숨어 있던 것들
나는 잊었는데 나를 잊지 않고 부숴버린다
나를 까발린다

꼬리지느러미 하나 걸리지 않은 어망
어둠만이 나의 황금어장
부서진 꼬리뼈를 쥐고
나는 어기적 어둠속으로 들어간다

백야

텔레비전 켜두고 잠든 밤
그래설까
아무도 없는 회벽 복도
흰모래 흩어진 바닥
꿈꾼 거
거기 맨발로 홀로
서 있는 거
그래, 텔레비전 켜고 자서 그래
아무도 없이 서걱거리는
모래 발자국들
흰 벽 흰 문 흰 하늘
창문에 어른거리는 흰 이름들
어떻게 난 그것들을 불렀을까
텔레비전 켜둬서 그래
그래서야
밤새 텔레비전 켜둔 날
오늘의 운세: 밝은 생각을 하세요.
난 이미 지나치게 빛을 많이 받은 사람

번데기 통조림

캔 절단 부분에 손이 닿지 않도록 주의하십시오

휴일 오후 티브이에선
로마 콜로세움 이야기
북소리 노랫소리 원형 격투장엔
잘린 다리와 잘린 목 꿈틀거리는 팔들

통조림 뚜껑을 딴다
오늘의
콜로세움 깡통 미니어처엔
피에 절여진 벌거벗은 흑인 검투사들 같은
눈도 귀도 입도 없는
국물 속 번데기들
기타 가공품이란 이름의
잠들지 못한 잘려나간 꿈들

날아올랐을까
핏물에 젖은 모래
그 위 노예 검투사보다

조금 더 조금만 더
밤과 별 날개를 믿었다면

아니, 여긴
변질 없는 미래
낮잠 쏟아지는 당신뿐
그저
주의하십시오
오래된 꿈을 꾸는
오늘
당신도 통조림이 되지 않게

탯줄을 태우며

너의 기일에 너의 탯줄을 태운다

검은 밤
눈알 같은 자갈들이 있는 강가

관솔불 소리
펄럭이는 불길 속
너의 탯줄은
덜 마른 비막처럼 강물처럼 꿈틀거리고 뒤틀린다
이끼와 태반이 타들어가는 냄새

이제 막
태어나려는 것같이
타닥타닥하는 너의 탯줄

그러나 강물 위
재들만 날아오른다

텅 빈 폐광 같은 내가

텅 빈 폐광보다 텅 빈 너의 탯줄을 태운다

검은바람까마귀

머리카락으로 검은 돛 짜 올려도
지난 밤들 바람 돼 불어도
검은바람까마귀
바다 한가운데
홀로
가지 못하고
사라지지 못하고
아홉 파도 넘어 아홉 폭풍 속에도
부서지지 못하고
검은바람까마귀
바다 한가운데
홀로
가슴뼈들로 노를 저어간 곳
거기가 홀로
주름상어와 함께 늙지 못하고
물거품들과 함께 꺼지지 못하고
아귀와 함께 지옥에 떨어지지도 못하는
홀로
검은바람까마귀

66

바다 한가운데
검은바람까마귀

흰뱀 풍경

보름달 속
흰뱀
똬리를 틀고 내려다본다

독즙처럼 퍼지는 밤

꿈틀거리며
강은
백만번째 허물 위에
첫번째 허물을 벗고

바람에 부딪히는 모래와 눈가루
밤새도록
뱀비늘 소리

흰뱀의 뼈처럼
달그림자
강바닥에 가라앉는다

이제 흰뱀이었던 그 무엇도 없는 흰뱀
그게 나의 보름달이다

달의 유적지

막다른 콘크리트 골목 밑
움푹
묻혀 있다
일그러져 멈춰버린 잿빛 달

달 밑으로
움푹
한겹은 모래가 흐르고
한겹은 모래마저 흐르지 않는다

달이 아닐지 모르지
묻혀버린 건
모래를 파먹고 사는 골목의 가슴들
모래로 만든 골목의 가슴들

움푹한 가슴 밑으로
한겹은 모래가 부서지고
한겹은 모래마저 부서지지 않는
오늘밤

가슴 위로 떠오르기 위해선
움푹
달은 폐광 속을 더 파고들어야 할지

잿빛 담벼락
흰까마귀
허공 속으로 부서진 날개를 퍼덕인다

잠과 알

난 알일까
난 잠일까

딱딱한 어둠속을
출렁거리며

밤에도 못 봐
낮에도 못 봐

얼마나 더 캄캄해져야
난 밝은 아이였다고 말할까

축축해
끈끈해

알도
잠도

안개와 모래가

섞인 맛

깨져
깨져

뜨거워
지옥도 아닌데
지옥도 뜨거워

난 알일까
난 잠일까

그사이
계란 프라이가 타버렸다

야광별

별이 빛나지 않는 밤
별이 빛나는 방을 만든다
아득한 천장과 어둑한 벽 구석구석
문방구에서 사온 야광별들을 붙인다
이 별은 악몽을 위해
저 별은 불면을 위해
빨리 별이 빛나는 밤을 만들자

하지만 아무것도 빛나지 않는
별 가득한 방
별도 방도 잠 속에도
어둠만 기다랗게 뻗어나갈 뿐

야광별 설명서:
이 제품은 충분히 빛을 받지 않으면 빛을 내지 못합니다

130억 광년 떨어진 별의 누군가도
빛난 적 없는 지구와
빛난 적 없는 지구 위 나를 벽에 붙이고

영원히 기다리고 있을까 밤이 빛나길
빙하기 별똥별은 빙산을 가르고 떨어졌다
그 별은 지금 어느 어둠이 되었는가

깜깜한 야광별이 박쥐처럼 모여든
깜깜한 별밤
두 눈을 부릅뜨고 벌겋게 빛을 찾아 헤매는 밤

부서지는 난간 위에서

북동쪽으로 폭우가 몰려오고 있다
북동쪽엔 붉고 텅 빈 집이 있다
북동쪽으로 무너지는 집이 있다
녹슨 난간이
간신히
먼지바람을 붙든다
그게 뭐든
무너진 게 어떻게 또 무너질까
사라진 게 어떻게 또 사라질까
북동쪽엔 무너지는 쪽으로 질주하는
모든 북동쪽들이 있다
폭우가 몰려온다
(이때쯤 땅거미가 진다면
노을은
비단으로 만든 북이 찢기듯 핏빛이겠지만)

무너진
북동쪽 붉은 집 위로
폭우가 몰려오고 있다

검은 벼락 냄새나는 이런 봄
목련은 검게 필 수 있을 거 같다

이름자루

이름은 질기고 싶다
호랑이 가죽보다 질기고 싶다

나는 그 이름 자르고 꿰매
자루로 만들 거다
세상 모든 올빼미의 밤보다 커다란
시베리아 벌판 수의보다 커다란
이름자루
거기에 처넣을 거다
허울부터 겨울까지
탯줄부터 태고까지
나 기억하는 나와 나 잊으려는 나
모두 처넣고
나는 없어져버릴 거다
도둑비 내리는 밤
아무도 모르게 나조차도
훔쳐갈 거다

제 4 부

차마고도

차마 하지 못한 말은 비밀이 아니지
비밀 아닌 말들의 길
해발 4천 미터
차마고도

말도 사람도
가슴뼈를 웅크려야 하는
철벽 길
말할 수 없이 깊고 거친 길
차마 하지 못한 말은 비밀도
침묵도 아니지

얼어붙은 고요가 간신히 매달려 있는 길
차마고도
옛날엔 말과 차를 바꿨다는데
난 해줄 말도 바꿀 말도 없네

침묵도 비밀도 없이
말할 것 없이 깎아지른 길

비밀의 일생과 죽음의 비밀
말들의 신화를 파묻은
잘리지 못한 혓바닥 같은 길
차마고도

차마 하지 못한 말은 비밀이 아니지
해발 4천 미터
말할 수 없는 말들의 높이

반송우편함

불 꺼진
빌딩
구석
녹슨
구멍

실도
빵도
길도
없는
헨젤,

검은
숲속
그가
찢어
날린

새의

허연
날갯
죽지

누구
없어요
누구
없어요

생일

오늘은 내 생일
불 꺼진 집으로
돌아오는 것은 돌아오지 않는 것
아무도 없는 거리를 지나
불 꺼진 집으로
돌아온다는 건 어둠만 몰고 산다는 것
또는 나비 한마리 없는 컴컴한 누에방
불 꺼진 집은
유리창나비 부서진 날개
돌아오는 것도 아닌데 왜 또 돌아왔을까
내가 태어난 밤의 비석처럼

외벽방

비 내리는 밤
외벽방
너무 삶은 국수 가닥
같은 여자

밤과 비 사이
외벽방
풀어헤친 백발로
짰다 풀었다
다시 짜는 여자의 뜨개질

잠들지 못하는 누에 울음
우는 여자
빗소리 흐르는
외벽방

계단도
추락도 없이
밤, 외벽방

절벽아파트
입구

문,
없다, 절벽아파트엔,
한순간도,
열어달라고, 뭔가,
열어달라고, 뭐든, 꽝, 꽝,
두드리지 않은 순간, 없는데,
이것은, 문도, 없이, 이것이, 절벽,
내 앞에, 내가 사는, 절벽아파트는, 그렇다,
없다, 문,
그렇다고,
절벽이 벽은, 아니지,
한순간도,
나를 막지 않은 것이, 어디든, 언제든,
없었는데,
절벽아파트
절,벽,아,파,트,에서 한순간도,
떨어지지 않은 적, 나는, 없다,

열리지, 않는, 영원히 닫히는 흰, 문,

닫히지, 않는, 영원히 열리는 흰, 벽과,
만난다, 추락조차 떨어지지 못하는,
검은, 입구,
절벽아파트,

흔적기관
말

무너지자, 덜컥, 백지 위에서 백지 위로, 무너지자, 왜, 왜
냐고? 잠시, 난 담뱃불을 붙이기 위해 덜컥, 네가 물어온
척한다, 굴착기로 욕망을, 철골들로 궤변을, 콘크리트 시
멘트 파편들로, 다음 행에서 다음 행으로, 덜컥, 덜컥, 참
쉽지, 시에서 시로

담뱃불이 백지에 옮겨붙는다
덜컥, 불길과 재
랭보보다 빠르고 뜨겁게 써내려가는
한편의 시
담배 한개비의 잿가루
이것이 말의 모두, 덜컥,

시 한편에 물고기 뻐끔거림 한번만큼도
들을 수 없는
말의 유골 위로

담배 한개비의 잿가루처럼, 후두두, 무너지자, 무너지자,
너도 덜컥,

한행만 시작해봐, 난 평생 담배를 피우기 위해 잠시 시를 쓴 척한다, 덜컥,

반쪼가리 시

바늘 점자판을
핥아 먹고
자라는 시

누가 쓰든 보기 싫어
차라리 내가 눈멀어버린 시

낚싯줄에 꿰여
물 밖에서 퍼덕이는
아가미는 읊어줄지

이십년 동안 쓰지 못한 글자들은
돌을 매달아
오십년 동안 파묻어버릴 것

끝까지 상처만을 더듬고
다듬을 시

어느덧 그 상처가 내 몸을 뒤덮는

문신이 되기를,
아멘

아무것도 저주하지 못하는 것을
저주하는
피 묻은 시

울금

보름달에서 흘러나오는
울금 냄새

울금은 자란다
시커먼 바다거품 해벽 뒤덮어도
폐가들 그림자조차 사라져도

울금은 자란다
바람에 떠난 것들
넋주발조차 돌아오지 않아도

자란다
해구보다 깊게 곪으며 자란다
검은 흙보다 오래 곪으며 자란다

세상 마지막 울부짖음까지 곪고
울금은 자란다

보름달에서 흘러나오는

울금 냄새

자작

검은 차가 달린다

바람에 너덜거리는
자작나무 흰 껍질들

텅 빈 유서들
텅
빈

침묵의 폭설을 맞고 있는
눈사람
자작나무

텅 빈 백지들의
유골함
자작나무

뼛가루처럼 흩날리는
진눈깨비 속

검은 터널을 향해
검은 자동차가 달린다

박물관에게 듣다

누렇게 말라붙은
공룡 가슴뼈조차
아직 심장 소릴 찾고
빗살무늬토기는
볍씨들 그을린 냄새 부싯돌 소리 울린다

아니, 이젠 자네가 죽었으면 하네

그것조차 나의 것은 아니야
턱 빠진 고래 해골들
덜커덕덜커덕

겨울 노을

납덩이 같은
해골 쩍 쪼개면

봄밤,
흘러
출렁이며 넘칠 거라고

해골 위로
잿빛그물나비떼 몰려들고 있다고
상상한다

흔적

누에고치 삶은 물 속에선
언제나
나비 날개 냄새가 난다

단 한줄도 없이
시

텅 빈 마음으로, 텅 빈 백지를 꿈꾸는

이재원

절벽과 침묵

바라보는 모든 것이 텅 비어 있을 뿐이라면, 거기에는 이미 시작된 것이 있다. 마음이 텅 비어버린 사람은 어디에서도 텅 빈 자리만을 발견하기 때문이다. 그렇다면 마음은 어쩌다 텅 비어버리는 걸까. 어떤 경우 텅 빈 마음은 우리가 잃어버린 것에서 온다. 가령 지나간 일기나 사진이 불쑥 두드리는 날이면, 문득 거기에는 있으나 여기에는 없는 것들이 말을 걸어오지 않던가. 그럴 때면 "무너진 뼈, 찢겨나간 꿈들"(「폼페이벌레」) 같은 것, 그때는 당연히 함께였던 것과 삶의 전부였던 것이 더이상 나의 시간 속에 존재하지 않는다는 사실이 우리를 덮친다. 그렇게 우리는 갑자기 무의미하고 텅 빈 세계 속에 홀로 떨어지게 되어버리는 것이다.

어떤 이에게 이렇듯 텅 빈 세계에 떨어지는 사건은 순간이 아니라 영원에 속한다. 그에게서 사라지고 잃어버린 것들은 좀처럼 잊히지 않는 탓이다. 잊히지 않는다는 것은 잊을 수 없다는 말이기도 하다. 지독하게 잊을 수 없는 것들은 대체로 우리를 더없이 충만하게 만들거나 한없이 상처 입히던 시간 속에 있다. 그리고 우리를 충만하게 만드는 것이야말로 우리에게 가장 날카로운 칼날로 돌아오는 원리를 기억할 때, 잊을 수 없는 것이란 함부로 잃을 수 없는 것이기도 함이 드러난다. 그럼에도 잊고 싶지 않은 것들이 있어서, 어떤 경우 삶은 부재하는 것들과 함께인 채로 계속되어야 하는 것이다. 그런 삶이란 그 모든 부재와 소멸과 상실을 이기지 못해 그것들의 여진이 되어버린 시간, 그것 '이후'로서의 시간이겠다. 그곳을 들여다보면 이런 모습이 아닐까.

벽돌을 입에 문 시간이
온다 벽돌로 만든 나의
가장 깊은 곳에 벽돌 떨
　　　　어
　　　지는 시간이 온다 가기도 전에 온다
　　　점점 더 커다란 벽돌 딱딱한 벽돌 온
　　　통 벽돌이 온다 쌓인다
　　나는 바벨탑보다 높은 내

안의 외벽을 돈다 내벽을
돈다 피뢰침을 돈다 벽돌
을 입에 문 시간을

　　　　　돈다 흰 흙 젖은 흙 붉은 흙 썩은
　　　　　흙들의 벽을 돈다 나는 나를
　　　　　돌아본 적 있나 난 돈다 난 적막을
　　　　　다닥다닥 붙인 텅 빈 광장보다
　　　　　텅 빈 적막을 돈다

텅 빈 입으로 적막을
물고 나선계단을 돈
다 적막의 데스마스크
를 돈다 나는 나를 돌
아본 적 있나 무너져
내린 카타콤 벽 틈으
로 산지옥나비가 들어
온다 비늘가루처럼 부
서져내리며 벽돌을 입
에 문 시간이 온다 나
는 산지옥나비를 갈기
갈기 찢는다

　　　　　　　　　　　──「절벽아파트」전문

김경후의 시에서라면 어둠 가득한 방에 갇혀 고통스러

워하는 자와 만나는 일은 놀랍지 않다. 그의 시를 생각하면 무엇보다 "악몽의 깃털들만 날리는 열두개의 자정"(「그믐」, 『열두겹의 자정』, 문학동네 2012)에 갇힌 자의 목소리가 떠오르기 때문이다. 이 시에서도 "바벨탑보다 높은 내/안의 외벽"과 "내벽"을 돌며 돌아보는 자가 있는데, 그가 헤매는 곳이란 "벽돌로 만든 나의/가장 깊은 곳에 벽돌 떨/어/지는 시간"이며 "카타콤"이라고 불리는 곳이다. 출구도 없이 어둠과 고독과 고통이 쌓여 있을 뿐인 이곳은 영락없이 '나'라는 심연으로 보인다. 그렇다면 '나'는 어쩌다 이토록 밤이며 폐허인 방을 키우게 되었나. '나'로서 쌓인 것들이 내게로 다시 쏟아져 '나'를 가두는 원리란 또 무엇인가. 이에 대해서라면 김경후 시에서의 '나'가 이미 잃어버린 것들로 제 방을 세우는 자임을 기억할 필요가 있다. 그의 시에서 우리는 부재와 상실로 빼곡한 방에서만 선명해지는 것들과 만나야 하지 않았던가. 충만했던 순간은 아무리 노력해도 다시 만날 수 없으며, 상처 입던 순간은 지우려 할수록 또렷해지고 마는 원리 같은 것들과 말이다. 그러므로 그것 '이후'로서의 시간은 이미 잃어버린 것을 다시 잃어버려야 하는 절망이다. 거듭된 절망에 갇혀 시간이 흐를 수 없는 시간이다. 김경후의 시에서 그렇게 갇혀버린 삶은 이제 '절벽'이라고 불린다.

그리고 삶이 절벽이 되어버린 이에게서 우리는 "적막을/다닥다닥 붙인 텅 빈 광장보다/텅 빈 적막"을 본다. 이

"텅 빈 적막"을 쉽게 가늠할 수는 없지만, 그 적막 한편을 쓸쓸히 차지하는 것이 텅 빈 마음이라는 것만은 분명하게 보인다. 잃어버린 것들을 매일 다시 잃어버리면서도 닿을 수 없는 그곳으로 마음을 쏟을 수밖에 없어, 이토록 텅 빈 마음. 그리고 그러한 마음인 채로 삶을 견디려는 안간힘. "텅 빈 적막"에는 그런 것들이 있다. 이때 기억해야 할 것은 김경후의 시에서 이러한 텅 빈 마음이란 언제나 전제되어 있었으며, 그의 시가 그러한 공허로부터 폐쇄적인 세계와 자기파괴적인 이미지를 불러내는 데 주력해왔다는 점이다. 이에 비추어볼 때 우리는 『오르간, 파이프, 선인장』에서 조금 다른 온도를 느끼게 된다. 여전히 김경후의 시는 부재와 함께하는 공허로부터 출발하지만, 그곳에서 마주하게 되는 것은 이제 '침묵'일 때가 많기 때문이다. 무엇보다 그 텅 빈 마음과 침묵이 뒤섞인 어느 자리에서, 그동안 닫혀 있던 '나'라는 세계가 무너지는 순간이 오는 것이다. 그러니 김경후의 이 시집은 이전과 다른 '시'가 시작되는 순간이기도 함을 말해두며, 이제 그 순간들을 기록해보려 한다.

침묵이 깨워내는 것들

침묵에 대해 정의 내리는 일이 가능할까. 침묵을 두고

우리는 흔히 말이 중단된 상태와 같은, 어떤 공백을 떠올리기가 쉽다. 그러나 침묵이 말에서 오는 것이 아니라 말이 침묵에서 오는 것은 아닌가. 막스 피카르트(Max Picard)에 따르면 침묵은 단순한 공백이나 중지의 상태가 아니라, 말이 생성되기 이전에 이미 존재하는 무엇이다. 침묵이란 말을 품은 무엇이며, 잠재태로서의 '없음'이라는 것이다. 그렇다면 그 반대의 경우는 어떠한가. 말로부터 침묵이 오는 것이기도 하다면, 그 말과 침묵은 무엇이라고 부를 수 있나. 연주될수록 침묵을 부르는 음악이 존재하듯, 어떤 말은 말해짐으로써 침묵을 퍼뜨린다. 그리고 "침묵의 세계와 관계를 가지고 있는 말은 같은 말이면서도 침묵과는 떨어져 있는 말과는 완전히 다른 어떤 것을 표현한다."* 김경후의 시가 그런 말을 닮았다.

텅 빈 녹음테이프가 돌아가고 있다

박쥐난은
침묵에 들러붙어 산다

이것밖에 없는 방에선
이것만이 생존법

* 막스 피카르트 『침묵의 세계』, 최승자 옮김, 까치 1985, 169면.

침묵에
물 줄 시간

눈 감는 소리와 굳어가는 혀조차
조심할 것

잠자코
까맣게 시든 채 돋아나는 이파리

침묵과 죽음 사이
그 마지막 모퉁이에 박쥐난은 붙어 있다

텅 빈 녹음테이프가 돌고 있다
—「박쥐난이 있는 방」전문

  이 시는 '박쥐난이 있는 방'에 대해 이야기하지만, 정작
여기 오래 남아 있는 것은 깊은 침묵일 뿐이다. 어째서일
까. 시는 "텅 빈 녹음테이프가 돌아가고 있다"라고 말하며
시작된다. 녹음테이프가 재생된다는 것은 여기 소리가 존
재한다는 말이기도 한데, 이곳의 녹음테이프는 텅 비어 있
으니 여기 흐르는 것은 '소리 없는 소리'이겠다. 소리에 귀
를 기울였으나 무엇도 들리지가 않아서, 우리는 불현듯 침

묵과 만나야 한다. 이렇듯 김경후의 시가 어떤 소리를 들려줄 때 그 소리는 감각되지 않는 것이어서, 그곳에서 우리는 오히려 침묵을 감각해야 할 때가 많다. 말들이 모인 곳에 있기에 더욱 낯설게 느껴지는 침묵이다. 그렇다면 김경후의 시가 반복해 "해바라기가 없는 소리"(「해바라기 소리」)를 들어보라고 목소리를 내는 것은 어째서일까.

이 방의 침묵 속에서, '박쥐난'이 놓인 "이것밖에 없는 방"은 '침묵밖에 없는 방'으로 번역된다. 그리고 김경후의 시에서라면 이는 다시 '다른 모든 것이 사라졌기에 침묵만이 남은 방'으로 이해되기에 이른다. 이때 텅 빈 듯 보이던 방이 실은 침묵으로, 그 부재하는 것들의 흔적으로 가득하다는 사실이 밝혀진다. 그러므로 이곳에서 침묵은 말에서 생성된 것이라기보다, 말에 의해 비로소 그 존재가 밝혀진 쪽에 가깝다. 그리고 이러한 침묵이란 온갖 소음 속에서 망각되었기에 감각되지 않지만, 여기 분명히 존재하는 것들이 있다고 말을 하는 침묵이다. 이렇듯 김경후의 시에서 말과 소리는 침묵을 감각시킴으로써 그동안 망각되어온 부재를 수면 위로 끌어올린다. 그 침묵에 의해 이 방은 갑자기 전혀 다른 방이 되어버린다. 그 모든 부재를 홀로 남아 견디어야 하는 방. "텅 빈 녹음테이프"처럼, 계속되고는 있지만 바라보는 것마다 텅 비어버리는 삶.

그러나 중요한 것은 그럼에도 이 시가 다가오는 것들에 대해 생각하기를 놓지 않는다는 점이다. 즉, 이 방에는 "침묵에/물 줄 시간"이 존재하며, 그로 인해 "침묵과 죽음 사이"에서도 "까맣게 시든 채 돋아나는 이파리"가 있다. 이때 침묵은 홀로 부재를 견디는 자에게 주어진 유일한 "생존법"이기도 한 것이다. 그러므로 이 방에서라면 침묵은 단지 부재를 실감시켜 이곳을 폐허로 만드는 역할로 한정되지 않는다. 오히려 침묵은 그동안 망각되어 있던 부재와 상실의 사건들을 고요히 응시하게 하고, 그로써 과거로 갇혀 있던 방에 출구를 만든다. 그러니 침묵은 삶을 지탱하며 다가오는 것들을 맞이하고, 나아가 다른 시간을 꿈꾸는 중요한 시간이기도 하다. 우리가 이 침묵으로부터 희미하지만 분명한 삶의 박동 역시 들을 수 있는 것은 그래서일 것이다.

'너'라는 아득함에로, 한걸음 더

부재, 상실, 소멸, 죽음 같은 것들과 함께인 자는 닿을 수 없는 곳을 바라보는 자이다. 그리고 닿고 싶으나 닿을 수 없는 무수한 것들 중 가장 흔하고도 아득한 것은 '너'라는 말일 것이다. 김경후의 시에서 '너'라는 존재는 간단히 정의되지 못한다. '너'는 '나'에게 상실이고 미지이며 바깥이기도 하여서, 영원히 만날 수 없는 존재, 그렇기에 함께인 채로는 아름다울 수 없는 존재이다. "너와 나 사이"에는 "건너가도 건넌 건 아무것도 없는 다리", "무너질 때까지 서 있어도 너도 나도 없는/다리"(「오늘도 기다리다」)만이 놓여 있을 뿐이어서, '나'와 '너'는 영원히 포개어질 수가 없다. 그러니 '너'와의 사랑이 가능하다면 그것은 "너를 먹는 일"이거나 "너를 씹고 너와 뒤섞이며/개흙 속에 썩고 녹아버리는 일"(「카니발식 사랑」)이 되어버린다. 그러나 한편에서 "나는 너의 등이 되"고 "등뼈가 되"(「등이 되는 밤」)는 밤, '너'를 위해서라면 스스로를 버려도 상관없는 밤 역시 존재하는 것은 어째서인가. '너'라는 존재가 이렇듯 간단치 않은 것은 '너'는 부재하는 것들에 고통받으면서도 그것을 놓을 수 없게 만드는 존재, 그럼에도 그 불가능한 자리를 자꾸만 돌아보게 만드는 존재여서가 아닐까. '너'를 바라보는 그 복잡한 마음이 이렇게 아름다운 고백으로 씌어졌다.

입술은 온몸의 피가 몰린 절벽일 뿐
백만겹 주름진 절벽일 뿐
그러나 나의 입술은 지느러미
네게 가는 말들로 백만겹 주름진 지느러미
네게 닿고 싶다고
네게만 닿고 싶다고 이야기하지

내가 나의 입술만을 사랑하는 동안

노을 끝자락

강바닥에 끌리는 소리

네가 아니라

네게 가는 나의 말들만 사랑하는 동안

네게 닿지 못한 말들 어둠속으로 사라지는 소리

검은 수의 갈아입는

노을의 검은 숨소리

피가 말이 될 수 없을 때

입술은 온몸의 피가 몰린 절벽일 뿐

백만겹 주름진 절벽일 뿐

—「입술」전문

"입술은 온몸의 피가 몰린 절벽일 뿐"이라니. 읽자마자
압도되어버린다. 입술은 어째서 또 절벽인가. 입술은 너를
만질 수 있는 장소이며, 무엇보다 네게 보내는 말을 내보
내는 장소이다. 그러므로 너를 향한 갈망으로 입술은 가득
하다. 그러나 그 가득한 갈망이 있어 입술은 절벽이 되어
버린다. "네게만 닿고 싶다"는 강렬한 마음으로 인해 입술
은 "네게 가는 말들로 백만겹 주름진 지느러미"가 되지만,
그렇게 쏟아진 "네게 가는 말들"은 온전히 네게 닿지 못하
기 때문이다. 네게 보낸 말들은 "네게 닿지 못한 말들 어둠

속으로 사라지는 소리"가 되고 "노을의 검은 숨소리"가 되어버린다. "내가 나의 입술만을 사랑하"고 "네게 가는 나의 말들만 사랑"할 때, 말들은 침묵으로 잠겨버린다. 너를 갈망함으로써 생겨난 말들이지만 그것이 네게 닿는 일에는 한계가 있는 것이다. 이때 입술은 타자를 향한 가능성과 불가능성을 동시에 껴안아야 하는 장소이기에 가장 깊은 절망이자 가장 가파른 절벽이다. 그러니 이 시에서 말들이 침묵이 될 때, '너'라는 말은 얼마나 아득해지는가.

신비한 것은 '너'로 인한 이러한 절망 속에서 오히려 부푸는 것은 '너'를 향한 열망이라는 점이다. 이 시는 네게 닿는 일의 가능성과 불가능성을 함께 이야기하지만, 그러는 가운데 '나'는 '너'를 향한 모든 한계를 아는데도 계속해서 '너'를 생각하고 그렇게 네게 결부될 수밖에 없는 자라는 사실이 더욱 밝혀지는 것이다. 그렇기에 결국 여기에는 그 모든 불가능을 알면서도 다시 네게로 출발해보려는 자의 열망이 남겨진다. 그리고 입술이라는 절벽은 이제 절망이 아니라 네게로 다가갈 수 있는 무한한 허공과 맞닿은 장소로 전환된다.

다시, 텅 빈 마음에 대해

지금까지 읽은 김경후의 시들은 각각의 특별함 속에서

도 한가지 공통점을 지닌다. 거기에는 모두 닿을 수 없는 것들을 좇느라 저도 모르게 절벽에 다다른 자가 존재하는 것이다. 그리고 그는 절벽에 매달린 채로, 그 절벽을 절망 바깥으로 구출해내고 싶어 하는 자이기도 하다. 그렇기에 그는 시간도 삶도 막다른 곳이 되어버린 자리에서 고통스러워하지만, 그럼에도 그 자리에는 다른 시간이 찾아오는 순간 역시 존재한다. 이런 순간과 같이.

나는 많이 죽고 싶다, 봄이 그렇듯, 벌거벗은 나무에 핀 벚꽃과 배꽃이 그렇듯, 너무 많이 죽어 펄럭이고 싶다, 파도치고 싶다, 세상 모든 재와 모래를 자궁에 품고, 잿더미의 해일도 일으켜보자, 죽음보다 더 많이 죽어보자, 살과 소음, 그런 거 말고, 삶과 소식들, 그런 건 더더욱 말고, 소금과 술로밖에 쓸 수 없는 시를 쓰고 싶다, 너무 많이 죽어, 늘 증발해버리는 시, 그 시를 주술처럼 중얼거리며 죽고 싶다, 아주 자주, 아주 많이, 보석들 대신 비석들을 갖고 싶다, 비석들도 죽이고 죽고 싶다, 비석들 위로, 너무 많이 죽은 시들을 밤하늘처럼, 피와 황금의 사막처럼 펼치자, 나는 많이 죽고 싶다, 잿가루보다 무수히
—「불새처럼」전문

이 시 속에서 우리가 아주 오랜만에 가벼운 숨을 쉴 수 있었다면, 그것은 여기 모인 말들이 어떤 무게도 지니지

않아서일 것이다. 이 시가 "나는 많이 죽고 싶다"라고 반복해 말할 때, 그 말에 깃든 것은 소멸을 향한 의지라고 볼 수 없다. 이곳에서 '죽음'이란 펄럭이고 파도치고 해일을 일으키기도 하는 일이어서, 결코 무언가의 끝으로 한정되지 않기 때문이다. '죽음'은 그보다는 지금의 '나'를 깨끗하게 버리는 일, 아는 것과 믿는 것과 욕망하는 것 그 모두를 놓아주는 일, 그렇게 일상의 시간으로부터 벗어난 채 다만 다가오는 것들에 몸을 맡기는 일로 느껴진다. 그러니 이 시가 "죽고 싶다"라고 외칠 때, 그곳에서 한번도 경험하지 못한 해방과 자유에 대한 꿈이 마침내 숨을 쉰다. 그렇게 꿈이 숨을 쉬자 이런 '시'가 생겨난다. "너무 많이 죽어, 늘 증발해버리는 시". 그런 '시'란 어떤 목적과 논리도 사라져버린 세계이며, '없음'으로서 존재하는 세계일 것이다. 이미 없는 것이기에 사라질 수도 없으며, 그렇기에 어디에도 닿을 수 있는 무한한 자유인 곳, "단 한줄도 없이/시"(「흔적」)인 '시'. 김경후의 시는 이제 "잡고 싶을수록 허옇게 부서져버리는 말들"의 반대편에서, '백지'는 "달리지 않는 모든 것을 한다"(「수렵시대」)고 믿는다. 텅 빈 백지인 '시'를 꿈꾼다.

처음에 나는 이 시집에 간직된 텅 빈 마음에 대하여, 또 거기에서 마주친 공허에 대하여 이야기했다. 그러나 이제는 그 텅 빈 마음이 다른 자리에서는 자유가 되기도 하는 것임을 안다. 시인의 백지는 두려움이나 먹먹함이 아니라 자유이고 해방이며 미래일 수도 있겠다고, 짐작하면서. 그리고 우리에게 텅 빈 백지와 같은 삶이란 찰나로만 존재하는 것임을 또한 안다. 우리는 곧 공허로 가득한 이 어두운 방으로 되돌아올 것이다. 그렇다 할지라도, 텅 빈 마음으로 텅 빈 백지를 꿈꾸는 자에게만 다가오는 것들이 있다고, 김경후의 시는 믿게 만든다. 그 되돌아오는 자리마다에서 '시'는 다시 시작된다는 말과 함께.

李在苑 | 문학평론가

오르간 건반이
흐르는 구름에 하듯
말을 겁니다.

아무 말 없이
아무 쓸모없이
말을 겁니다.

파이프의 전부였지만 아무것도 아닌
속삭임처럼
연기처럼
말을 걸고 싶습니다.

나에게서 당신에게
당신에게서 나에게

간결하게 간절하게
백지보다 고요하게

말을
겁니다.

2017년 7월
김경후

창비시선 412

오르간, 파이프, 선인장

초판 1쇄 발행 / 2017년 8월 7일

지은이 / 김경후
펴낸이 / 강일우
책임편집 / 박주용
조판 / 황숙화 박아경
펴낸곳 / (주)창비
등록 / 1986년 8월 5일 제85호
주소 / 10881 경기도 파주시 회동길 184
전화 / 031-955-3333
팩시밀리 / 영업 031-955-3399 편집 031-955-3400
홈페이지 / www.changbi.com
전자우편 / lit@changbi.com

ⓒ 김경후 2017
ISBN 978-89-364-2412-1 03810

* 이 책은 2016년 서울문화재단 문학창작집 발간지원 사업의 수혜를 받았습니다.
* 이 책 내용의 전부 또는 일부를 재사용하려면
  반드시 저작권자와 창비 양측의 동의를 받아야 합니다.
* 책값은 뒤표지에 표시되어 있습니다.